我倆並非無故相逢

俄羅斯情詩選

普希金 等 著　　歐茵西 譯

櫻桃園文化

國家圖書館出版品預行編目（CIP）資料

我倆並非無故相逢：俄羅斯情詩選 / 普希金 等
(A. S. Pushkin) 著；歐茵西 譯 . -- 初版 . -- 臺北
市：櫻桃園文化 , 2018.2
160 面 ; 14.5x20.5 公分 . -- (詩讀本 ; 2)
ISBN 978-986-92318-5-5

880.51   107001062

詩讀本 2

我倆並非無故相逢：俄羅斯情詩選

Мы сошлись с тобой недаром. Стихи русских поэтов о любви

作者：普希金（A. S. Pushkin）等
譯者：歐茵西
主編：丘光
特約執行編輯：安歌
校對：丘光
版面設計（封面及內頁）：丘光
出版者：櫻桃園文化出版有限公司
地址：116 台北市文山區試院路 154 巷 3 弄 1 號 2 樓
電子郵件：vspress.tw@gmail.com
網站：https://vspress.com.tw/
版權所有　翻印必究

印刷：世和印製企業有限公司

總經銷：遠足文化事業股份有限公司
地址：231 新北市新店區民權路 108-2 號 9 樓
電話：02-22181417　傳真：02-86671891

出版日期：2018 年 2 月 5 日初版 1 刷　定價：300 元（тираж 1.5 тыс. экз.）

我的心狂喜地敲擊

如今它再度復甦了……

　　　　　——普希金

目次

款款情韻，悠遠襟懷——代序
歐茵西

　　當我們思及世界不同民族的文學，無論荷馬史詩、中國詩經，或迢遠傳說、部落民謠，都不難發現，遠在散文、小說以前，詩歌早已存在。也發現，詩歌較散文、小說更富藝術性，它不僅有感情、有故事，還有聲音、有顏色，常流瀉更強烈的旋律。好詩即使寥寥數筆，也能令人心神盪漾，俄文詩也不例外。

　　公元第九世紀後期，俄羅斯才開始有書寫文字，文學起步落後許多國家、民族、語言（例如中文）。口傳的民謠與民俗詩歌則歷史悠久，直至今日還部分留傳了下來。我們雖難推斷它們是否保存了千餘年前的面貌，但可以相信民謠與民俗詩反映人民的習俗、信仰和感情，兼具珍貴的歷史和藝術價值。

　　十七世紀初期起，俄國文學逐漸接受越來越多來自西方的影響，包括引進當時西歐流行的詩律，注意每行音節數固定、重音與非重音音節形成的節奏感。十八世

紀中期與後期，在特賈科夫斯基、羅曼諾索夫 ① 、德札文等學者及詩人影響下，俄詩主題、文字、形式、音律、韻腳已更生動，並展現更豐富的俄羅斯精神特質。十九世紀前四十年是俄文浪漫詩鼎盛期，普希金及其同時代人的裊裊情思，成就俄詩光華璀璨的黃金時代。情詩、抒情詩、輓歌、田園詩、浪漫曲、民謠詩、寓言詩、敘事詩……，莫不精品輩出。它們感懷主觀、餐風飲露、夢想朦朧、俳惻迷離、語言絢麗。詩人各有所長，如：茹科夫斯基的情詩，德維與卡爾佐夫的民謠詩，雅澤科夫、裘契夫及萊蒙托夫的抒情詩，皆精品中的精品。普希金則總其成，形式最多樣，題材最廣泛，敏銳凝煉，音韻雋朗，優雅風流，兼而有之。十九世紀中期以後，屠格涅夫、托爾斯泰、杜斯妥也夫斯基等人的寫實小說獨領風騷，詩歌黯然褪色。十九與二十世紀之交，象徵詩的文化思維瑰麗奇譎，詩歌再現高峰，世稱「俄文詩的白銀時代」。當我們翻開俄國文學史冊，卻不難發現，從早期民俗詩歌，十八世紀古典詩，十九世紀浪漫詩，至二十世紀現代詩，俄詩其實從未斷流。詩人代代相傳，丹青妙手，繪寫幽渺美麗的藝術世界，文情聲情絲絲入扣，淋漓揮灑俄羅斯人對世間事物的情意與對生命哲理的探索，有的纏綿盡致，有的含蘊婉曲，都傳唱不輟。

任教台灣大學期間，閱讀俄文詩歌是我的重要功課。因國科會支持，曾譯俄詩二百餘首，出版《浪漫與沉思──俄國詩歌欣賞》一書。承「櫻桃園文化」出版社主持人丘光邀約，依歷年譯詩內容分哲詩、情詩兩類別重新編輯出版。櫻桃園文化歷年出版品口碑極高，得以合作，本人至深感荷！

---

①特賈科夫斯基（V. K.Tredjakovsky, 1703-1769）是詩人、語言學家；羅曼諾索夫（M. V. Lomonosov, 1711-1765）是自然科學家、化學家、博學家、詩人。

德札文

Gavriil Romanovich Derzhavin
1743-1816

　　德札文無疑是十八世紀俄國最重要的詩人之一。他延續羅曼諾夫的傳統，創作頌詩，卻在理性精神與嚴謹格律之外，熱情發抒個人的內心感受，流露強有力的年輕氣魄與生命喜悅，為古典主義詩歌開創新貌。德札文三十幾歲才開始對詩歌發生興趣，一七八三年以頌詩〈費麗察〉（Felica）一舉成名。費麗察是童話故事中美慧的公主，她寬厚溫柔、樸素公正。詩人以此具有豐富人性和半神化色彩的形象讚頌凱薩琳二世，深得女王歡心，從此官運亨通，歷任省長、參議員、司法部長。晚年雖因率性灑脫不再得意官場，但專心寫作，不改其樂。

　　與羅曼諾索夫相較，德札文以更真實的心靈創作，表現更豐富的人性。羅曼諾索夫在詩中讚頌上帝的全能與人間的神性，德札文則歌詠君主的賢明，青春的歡愉，諷刺虛偽與狡詐，語言活潑，突破古典主義理性至上的框框。

俄羅斯少女　(1799)

你可曾看見，濟斯城的歌手①！
春日草地上俄羅斯少女
怎樣伴著牧笛
輕跳貝茨卡舞②？
怎樣低首穿梭，
齊聲跺叩鞋跟？
手臂輕展，眼波流轉，
扭肩訴說心意？
金色髮帶怎樣
閃爍白淨額前？
珍貴的珠鍊下
嬌嫩胸脯起伏？
淡藍血管怎樣
流動紅紅血液？
火一般的雙頰，
酒窩嵌著情意？
怎樣眉如烏貂，
明眸洋溢熱情？
她們的笑靨……

擊碎獅和鷹的心。

你若看見這些美女，

必忘卻希臘嬌娃。

披著風流雙翼，

厄洛斯 ③ 也將消魂。

---

①指古希臘詩人安納克里翁（Anakreon，
　約 550BC），出身濟斯城（Gise）。
②一種俄羅斯民族舞蹈。
③希臘愛神（Eros），帶著弓箭飛翔，撮
　合人間愛侶。

卡拉姆金

Nikolay Mikhailovich Karamzin
1766-1826

　　十八世紀後期，西歐強調感情開放的自由主義與善感的文學筆調也對俄國產生影響，其間卡拉姆金扮演了穿針引線的角色。八十年代初期他接觸瑞士、法國感傷小說與詩歌，極為心儀，後曾旅行歐洲各地，發表遊記《一名俄國旅人的信》。文字間感情纖巧，氣質優雅，立刻聲名大噪。他一生熱心譯介西方詩文，創作許多悱惻的詩歌和小說，並費時二十二載撰寫十二巨冊《俄羅斯國家史》，在俄國文壇上有特殊貢獻。卡拉姆金最重要的貢獻在於喚起俄國讀者對浪漫的嚮往，放棄以前理性至上的要求，使文學寫作迸發生動感情，令人心往神馳，他對茹可夫斯基與巴鳩斯可夫產生直接影響，經過他們，走向普希金璀璨的俄詩黃金年代。

告別

誰能這般火熱多情，
像我那樣愛妳？
但我徒然嘆氣，
受折磨、苦自己！

癡癡迷戀，
熱烈愛妳一人！
卻不能強求
妳也來愛我。

我不顯貴也不卓越：
怎能吸引別人？
既不瀟灑也不風趣，
別人如何對我傾心？

單純的心和感情——
在俗世不值一文，
那裡要的是手段——
我對此一無所知！

（傲慢的姿態，
靈活的手段，
外貌聰明過人，
談吐妙語如珠。）

　　這些我全無所知——
卻痴迷自己的戀情，
大膽的我
竟希望有妳垂青！

　　我哭泣，妳卻在笑，
對我譏嘲，——
心上的煩惱
被妳取笑！

　　如今我心中
希望之光已經暗淡……
另一個人
永久佔據妳的心房！……

願妳幸福——平安，
衷心快樂，
時時如意，
永遠是受寵的妻子！

　　密林深處
我將度過此生，
流著熱淚，
等待生命終結——別了！

茹可夫斯基

Vasily Andreyevich Zhukovsky
1783-1852

　　茹可夫斯基是一位優秀的詩歌譯者，一八〇二年譯英國詩人 Thomas Gray 的〈墓園哀歌〉（"An Elegy written in a Country Churchyard"），一夕成名。他翻譯了許多英文與德文詩歌，選字與技巧皆使原詩更形出色，溫柔甜蜜和遁世的憂鬱深深感動俄國讀者。茹可夫斯基自己寫輓詩、抒情詩、情詩、敘事詩，也都十分細膩，有一種朦朧的神祕，節奏悠揚，人稱其詩如「人間仙樂」、「天堂美夢」。茹可夫斯基的詩風與其出生背景及愛情經驗有密切關係。他是富有地主與女婢的私生子，母子地位屈辱，養成善感內向的個性。成年後，愛上同父異母姊姊之女瑪麗亞（Maria Protashova），對此絕望的不倫之戀用情至深，在許多首詩中抒發強烈渴望與悠遠想像。「愛情」因此是其詩最常見的主題：追憶幸福，尋找希望，淒婉哀嘆，直接表露內心世界，對普希金及二十世紀初期象徵主義詩人都有重要啟發。

歌 [1] (1808)

　　我的密友，我的守護神，
啊，妳無人能比！
愛妳，我的心中只有妳；
但何處能表衷情？
所有自然美景裡
我只見到妳的麗影；
遇見萬般迷人容顏，
我的想像只有妳。

　　拿起筆——只能寫出
永難忘懷的名。
只要歌頌妳，
在七弦琴上讚美妳：
獨自伴著妳，在近處，在遠地。
愛妳——是我唯一的慰藉，
妳是我塵世所有的幸福，
妳是心靈的生命，是生命的甜蜜。

　　在荒漠，在城市的喧囂中，

只想傾聽妳；
微眠中，妳的容貌
與乍滅的思想合一。
妳愉悅的聲音
縈迴在我夢裡。
醒來──妳在心上，
比眼前的陽光迅敏。

　　啊！怎能與妳分離？
處處妳是我透明的伴侶；
妳沉默──我明白妳目光中
無人可以理解的情意。
我在心中接收妳的聲音，
我啜飲妳呼吸裡的愛情……
誰能了解妳，
了解陶醉的力量令人狂喜？

　　為了妳，只為了妳，
我活著並享受生命，
意識著妳；
為妳的天性驚喜。

我的命運能與什麼相比？

甜蜜的安排中奢望什麼？

愛是我的生命——啊！我愛，

還要一百倍更多。

---

①這是獻給瑪麗亞系列情詩之一。

歌 ① (1818)

遠昔歲月的誘惑，

你為何再度復活？

是誰喚醒了記憶

和已沉寂的夢想？

往日的祝福向心靈私語；

熟悉的目光向心頭閃爍，

霎時又清晰浮現

無痕的久遠往事。

啊，親愛的訪客，神聖的從前，

你為什麼擠迫我胸膛？
我能對希望說：但願你是真的？
我能對往事說：但願你再來臨？
能否在這新的光輝中
重睹凋零夢幻的華美？
能否為熟悉的生命真貌
重新披上錦麗的外衣？

心靈為何急急奔向
早已流逝的國度？
那荒蕪之地渺無人跡，
難覓消失無蹤的歲月。
只有一個無聲的居民，
是親切往事的見證人。
所有美好的時光
與她同在棺墓裡。

---

①瑪麗亞於 1817 年結婚，詩人極為感傷。

巴鳩斯可夫

Konstantin Nikolayevich Batyushkov
1787-1855

　　出身貴族家庭，中學時期便因學習拉丁文、法文、
德文，接觸古典文學與藝術，並對詩歌發生濃厚興趣。
十八歲開始在雜誌上發表詩作，一八一八年出版詩集
《經驗》（Опыты），完美的音律與文體備受激賞。
但同年即因病赴義大利療養，此後病情持續惡化，迄
一八二一年為止，仍陸續寫了一些優美的抒情短詩，
一八二二年出現精神病症狀，從此自文壇隱退。

　　巴鳩斯可夫作品數量有限，卻與茹可夫斯基並列為
俄國浪漫文學先驅者。他們開啟人心最深處的世界與沉
思，描繪心靈最細緻的流動、最純真的感情。茹可夫斯
基意境朦朧，巴鳩斯可夫則比較接近生活。巴鳩斯可夫
早期偏好古羅馬詩歌及文藝復興時期的義大利詩，基調
明朗，節奏輕快。後因參加對法戰爭，目睹災難，打破
對西方的迷思，惶惑於希望無所寄的苦悶，有了看破紅
塵的悲觀。

我的守護神　(1815)

啊！心的記憶，你比
悲傷的理性強烈，
時時以甜味
誘我飄向遠處。
我記得蜜語的音調，
記得天藍色的眼眸，
記得鬈曲秀髮下的
一綹金色柔絲，
記得絕美牧羊女
的簡樸衣飾。
令人難忘的容顏
伴我四處飄泊。
我的守護神——懷著愛，
別離也有快樂：
我入眠，她潛上床頭，
使悲悽的夢成為喜悅。

離別 [1]　(1815)

我枉然告別先祖的國度，

　　　知心的友人，絢爛的藝術，

在恐怖的廝殺聲中，在帳幕的陰影下 [2]，

嘗試催眠受驚的心情。

啊！異鄉的天空不能療治心的傷痕！

　　　　　我無助地流蕩，

　　　從此處到彼岸，逼人的汪洋

　　　　　在身後洶湧咆嘯，

命運枉然將我撕離

　　　　　　迷人的涅瓦河畔。

我重訪莫斯科廢墟，

莫斯科，我曾呼吸真正自由的地方！

我枉然從北方草原

　　　　　閃現冷冷陽光的家鄉，

奔向堤拉河 [3] 流水滔滔的南方，

席瑞絲 [4] 為山群鍍金，

古老部落飲水的地方。

一切枉然：處處緊隨我的是思念，

　　　　思念心中難忘的愛。

她的名字神聖，

她的眼眸天藍。

她看我一眼——從天至地——幸福敞開，

她的一句話，只要一聲，嬌媚的聲調

使我癱瘓，又使我重生。

----

①作者藉此詩寫對一名女子（Anna
　Furman）的愛戀。
②巴鳩斯可夫曾參與 1807-1814 年對法戰
　爭，接觸了西歐文學新思潮。
③ 1815 年他作此詩時，正在俄國南端
　Kamenets-Podolsky 省，堤拉河（Tira）
　為德涅伯河的希臘文名稱，流經此地。
④席瑞絲（Ceres）為羅馬神話中主管生長
　與農牧的女神。

德維

Anton Antonovich Delvig
1798-1831

　　德維是普希金在沙皇村中學的同學與摯友，溫和敦厚，在文藝圈中人緣甚佳。普希金曾回憶說：「德維年少時便對詩歌表現濃厚興趣，崇拜德札文，讀過許多席勒與歌德的作品，能背誦每一首茹可夫斯基的詩。」德維十五歲開始在雜誌上寫詩，結構古典，語言親切，音韻和諧，此亦為他後來作品始終如一的特質。一八二四年起，德維是著名詩刊《北國之花》的發行人，一八三〇年與普希金共同主編《文學報》，鼓吹「為藝術而藝術」的純文學。

　　德維偏愛短詩，其田園詩和輓詩輕柔憂鬱，多取材自民間故事，無深刻內容，文字簡樸，音韻起伏近似歌曲。二十年代，德維將這種民謠詩帶入成熟境界，贏得廣泛喜愛；到了三十年代，民謠詩已成為俄國文壇十分流行的詩歌。

浪漫曲 (1820年代)

燦爛的時光、幸福的日子！
　　　　陽光啊，愛情啊！
陰影從光裸的原野褪去，
　　　　心頭再度炫閃光明。
醒來吧，叢林和原野，
　　　　讓一切洋溢生機。
我心訴說：
　　　　她屬於我，她屬於我！

燕子啊，你為何飛向窗前，
　　　　活潑唱著什麼歌？
你啁唧著春天，
　　　　還是呼喚著愛情？
不要飛近我，沒有你
　　　　歌手心中已沸騰熱情。
我心訴說：
　　　　她屬於我，她屬於我！

俄羅斯歌謠　(1820 年代)

夜鶯啊，我的夜鶯，
喧聒的夜鶯！
你飛向，飛向何處？
哪裡是你終夜啼鳴的地方？
誰能像我一樣，
忍聽你夜夜悲唱，
雙眼難合，
淚水滿眶？

走吧，我的夜鶯，
飛向遠遠的他方。
飛去藍藍海上，
停憩陌生岸旁，
遊遍所有家邦。
城市、村莊，
再也找不到
誰比我更悲傷。

心愛的人兒
胸前是珍貴的項鍊，
心愛的人兒
手上是閃光的指環，
心愛的人兒
心中是親愛的情郎。

秋天，胸前
珍貴的項鍊褪色了；
冬夜，手上
閃光的指環脫落了；
今年春天，
愛人對我厭倦了。

普希金

Aleksandr Sergeyevich Pushkin
1799-1837

　　出身莫斯科貴族家庭，父親雅好西方文化與文學，叔父為詩人，普希金自小深受熏陶，八歲便能以法文寫詩。一八一一至一八一七年為彼得堡沙皇村中學學生，該校係亞歷山大一世專為貴族子弟設立的精英學府，普希金在此接受自由思想啟迪，結交多位文學同好的摯友（包括民謠詩人德維），寫下百餘首詩，多以友情、愛情、歡樂及生命的喜悅為主題，形式上以德札文、巴鳩斯可夫的古典傳統為模仿對象。一八一四年，年方十五所寫的〈沙皇村回憶〉，共一百六十行，吟詠沙皇村的綺麗景色，雋永流暢，獲老詩人德札文激賞，從此名聞學校內外。一八一七年畢業後入外交部任職，與十二月黨人文藝圈接近，寫了多首政治性詩歌，直率批評當朝，一八二〇年因此遠調南俄。高加索與克里米亞的自然山色與豪邁風情開拓普希金的視野，醉心拜倫自由熱情的表現方式，完成多首長篇敘事詩、戲劇及抒情詩。

一八二四年因愛情糾紛被革職，被軟禁於母親領地米哈洛夫斯科村，兩年後重返彼得堡。米哈洛夫斯科村係普希金童年故鄉，兒時的溫馨回憶與樸實的鄉村生活，使他的心境走向沉穩、逐漸豁達成熟。他專心創作，留下豐富成果，包括情詩、抒情詩、童話詩、敘事詩及史劇《鮑里斯·戈杜諾夫》，並埋首於著名的長詩《奧涅金》。《奧涅金》(1823-1830) 是普希金最重要的作品，男主角奧涅金代表了俄國貴族社會的「多餘人」，女主角塔吉雅娜則寄託著普希金的「可愛理想」與「俄羅斯精神」。全詩共四十八節，每節十二行，以普希金偏愛的四音步抑揚格寫成，描寫生動，詩句優美，音韻輕巧，經柴可夫斯基譜為歌劇，抒情的曲調與普希金的詩句形成完美組合，更使此詩廣為流傳。

《奧涅金》以外，普希金另有十餘篇敘事詩，多為一八二〇至三〇年間的作品。有的取材自俄羅斯民間故事，有的以南方高加索及克里米亞為背景。神異傳說、特殊的民族習俗及自然景致，神祕浪漫，十分吸引人。

一八三一年普希金與十六歲少女娜塔莉亞 (Natalya Goncharova) 結婚。娜塔莉亞的美貌驚動彼得堡，甚至引起沙皇尼古拉一世注意，邀宴不斷的生活卻使普希金極為痛苦。一八三七年一月二十七日，普希金因妻子緋聞

與人決鬥，二十九日傷重去世，享年三十八歲。

　　去世前數年，普希金的寫作重心已漸由韻文轉向非韻文。一八三一年《貝爾金小說集》包括五篇散文故事，一八三四年《黑桃皇后》，一八三六年《上尉的女兒》，嘗試跳脫幻想，內容生活化，人物真實親切，並以客觀的描寫取代主觀表述，為俄國文學由詩歌走向小說的發展預鋪了道路。

　　普希金一生寫下八百餘首抒情詩，十二首敘事詩，六部詩劇、散文體小說，童話故事。抒情詩題材廣泛、形式多樣；短詩、情詩、風景詩、輓詩、田園詩、民謠詩、童話詩……都質樸真摯、自然平實、流暢凝鍊、詩味濃郁。它們多簡短輕巧、往往不超過二十行，每行八至十音節，抑揚或揚抑格，雙行或交叉押韻，富強烈音樂感。常見的主題皆具典型浪漫色彩：夜、夢、妄思、熱烈的感情、對死亡及生命意義的悲嘆、對自由的狂熱。一八一七年以前，格律比較傳統保守，流放南俄期間，則因拜倫影響，逐漸活潑，同一首詩中，各詩行的重音音節數目時常不一致。二〇年代中期起，已輕鬆自如地排列組合，雖仍以抑揚或揚抑格為主要格律，但常見隨心所欲的例外；詩尾押韻亦不拘泥舊規，往往只以半諧音和韻。同一節詩句中，有快樂、有憂傷；有天上、也

有人間；有俗世生活，也有美麗藝術的描寫，對他而言，都是信手拈來，渾然天成。

　　普希金在俄國人心目中的地位迄今無人能比。文學評論家別林斯基 (V. G. Belinsky, 1811-1848) 曾言：「普希金如汪洋大海，其他詩人如或大或小的川河，匯積呈現俄文詩歌的生命與萬千風貌。」

普希金自畫像，1820 年代。

歌手 (1816)

你可曾聽見夜間樹後的歌聲，
愛情的歌手，不幸的歌手？
當黎明時分田野不語，
蘆笛悲切的哀音悠悠，

你可曾聽見？

你可曾在林中荒涼的漆黑遇見
愛情的歌手，不幸的歌手？
你看見淚痕還是笑顏？
滿溢憂傷的平靜眼眸，
你可曾看見？

你可曾輕嘆地諦聽他的嗚咽，
愛情的歌手，不幸的歌手？
當你林中遇見少年，
看見他的暗淡雙眼，
你可曾嘆息？

我親愛人兒的一個字　(1816)

我在琴旁諦聽麗拉 ① 歌唱，
她令人陶醉的迷人聲調
勝於靜水邊的夜鶯，
勝於夜半七弦琴聲。

我雙眼淚下，
對歌者說：
「妳憂鬱的歌聲奇妙，
但我親愛人兒的一個字，
比妳溫柔的曲調更迷人。」

---

①指瑪莉亞・斯密特（Maria N. Smith），
　普希金就讀皇村中學時，校長夫人的一
　位遠親，當時她寄居校長家，外表迷人，
　普希金寫過多首詩獻給她。

願　(1816)

我的歲月緩緩地拖曳，
凋萎的心靈不停徒增
不幸愛情的片片傷痕，
狂妄的夢想令人悚驚。
我沉默，不聽自己的怨尤，
我哭泣，淚水是我的安慰。
悲哀俘虜我的心，
快樂充滿我的淚。

啊，生命！走吧，我不憐惜你！
消失在黑暗中吧，空虛的魅影；
我珍愛這癡情的苦味——
讓我死去，死在愛裡。

安娜·凱恩·普希金繪·1829 年。

致凱恩 [①]　**(1825)**

我銘記奇妙的瞬息：
在我眼前出現了妳，

如轉瞬即逝的幻影，
似純潔至美的精靈。

絕望悲傷的折磨中，
俗世虛榮的迷惘裡，
耳畔常響起妳溫柔的聲音
夢中常出現親愛容顏的妳。

歲月飛移，狂暴的風
驅散了往日的幻影，
我遺忘你溫柔的聲音
與天國般容顏的妳。

僻遠幽暗的山村中，
我的歲月無聲地飛移，
無神的尊榮，無靈感，
無淚水，無生命，無愛意。

我的精神重新覺醒，
眼前再次出現了妳，
如轉瞬即逝的幻影，

似純潔至美的精靈。

我的心狂喜地敲擊，
如今它再度復甦了
對神的尊崇，與靈感
與淚水，與生命，與愛意。

---

①此詩贈與安娜‧凱恩 (Anna Kern, 1800-
1879)。1819 年普希金與她有過一面之
緣，1825 年重逢，激發詩人的靈感與對
生命之信心，原詩以四步抑揚格寫成，
交叉押韻，多次重複相同的詩行與尾
韻，形成鮮明節奏，悠揚悅耳。

你和您 ① (1828)

她無意中以親切的你，
代替了泛泛的您，
於是我迷戀的心中，
激起所有幸福的遐想。
我沉思地站在她面前，
雙眼無力從她身上移走。

我對她說：您多麼可愛！

心中想著：我多麼愛你！

---

①俄語中的「您」用於泛泛之交，以「你」
　互稱，則雙方關係更為親近。

夜霧瀰漫在格魯吉亞山崗上 ① **(1829)**

夜霧瀰漫在格魯吉亞山崗上，

阿拉戈瓦河在我眼前喧響。

我憂鬱輕快，我的哀思發亮；

妳的麗影充塞我的愁腸。

妳，只有妳沒有什麼

能驚動我的悲傷。

心再度燃燒再要愛──因為

不能不把妳愛上。

---

① 1829 年普希金初識娜塔莉亞・岡察洛
　娃，在一次旅途中寫下對她的思念。

手持扇子的娜塔莉亞·岡
察洛娃，普希金繪（或與
友人合繪），1829 年。

出現在普希金《青銅騎
士》手稿中的娜塔莉
亞·岡察洛娃，普希金
繪，1833 年。

愛過妳 (1829)

愛過妳：也許，愛火

在我心裡未完全殞熄；

但它不再煩擾妳，

不願再惹妳憂傷。

絕望無言地愛妳，

有時羞澀，有時妒嫉。
懇切溫存地愛妳，
願他對妳一樣珍惜。

我的名字對妳有何意義 ① (1830)

我的名字對妳有何意義？
它消失如遠方拍岸浪花，
傳送淒涼低沉之音，
如深夜密林悠悠。

它在紀念冊留下
沒有生息的痕跡，
如墓碑上的花紋，
使用陌生的文字。

有何意義？在新的
激情裡早被忘記，
在妳心中挑不起
純潔溫柔的回憶。

但當妳悲愁寂寥，

請悄悄呼喚它；

請說：有人記得我，

我活在世間一顆心裡。

---

①普希金在當時社交美女卡洛尼娜‧索
　班斯卡雅（Karolina Sobanskaya, 1795-
　1885）的紀念冊寫下此詩。

巴拉汀斯基

Evgeny Abramovich Baratynsky
1800-1844

　　十九世紀二十至三十年代，輓詩在俄國極為流行，巴拉汀斯基公認是最出色的代表者。

　　巴拉汀斯基出身地主家庭，十二歲入學彼得堡軍事幼校，一八一六年因違紀被開除，三年後只能以低級士兵身份服役。此項記錄造成他很大的心理創傷，比其他文人對社會懷抱更深的不滿與更多對理想時代的憧憬。

　　在彼得堡時期幸運認識了德維。德維給予他許多鼓勵，並介紹認識普希金、茹可夫斯基及其他詩人和作家，引發了他的寫作興趣。

　　巴拉汀斯基於一八一八年開始寫詩，包括輓詩、牧歌、諷刺詩，敘事詩。他常在作品中談及生命的空虛、心情的孤寂、希望的幻滅，甚至死亡的喜樂，沉重的悲切與深層的思想和同時代詩人很不相同。他的詩句皆經仔細琢磨，但不追求茹可夫斯基的甜蜜與巴鳩斯可夫的柔和，他講究表達真實的感情，挖掘複雜的內心活動，

並在重重困惑與掙扎中流露理智，是當時俄國詩壇上重
要的思想性抒情詩人。

分離 (1820)

我們分離；我的生命中
如短暫的幻夢，
不再聽見片字愛語，
不再啜取愛的氣息！
我曾擁有一切，卻霎時失去所有；
美夢初啟……夢境已渺！
我的幸福如今只剩
淒冷的心酸。

巴拉汀斯基‧普希金繪於
《波爾塔瓦》詩作手稿中，
1828 年。

裴契夫

Fyodor Ivanovich Tyutchev
1803-1873

　　出身貴族，從小接受優秀的人文教育，十歲能詩，一八一八年至二一年就讀莫斯科大學語文學系。一八二二年至三七年為派駐德國慕尼黑的外交官，在此與詩人海涅及哲學家謝林締莫逆之誼。一八三七年至三九年調往義大利北部古城杜林（Turin），一八三九年因故離職，定居慕尼黑。一八四四年復職為官，是彼得堡社交圈甚受歡迎的貴客。

　　裴契夫先後在國外居留二十二年，博學、聰穎、機智，深受歐洲文化與唯心哲學浸潤，有敏感的內心世界和浪漫的情思，社會與政治觀卻傾向斯拉夫派，是堅定的民族主義者，大部份政治性詩歌寫於晚年。抒情詩與情詩則是他最好的作品，且在二十年代末期已呈現其獨特風格：泛神論的形而上，孤獨隱祕而悲觀，意境幽遠，情意深摯，辭彙豐富而細膩，兼有德札文的莊嚴、普希金的優雅和茹可夫斯基的音樂感。

丘契夫作品約三百餘首，多簡短，在十二至二十行之間。風景詩歌多僅八行，擅長借景抒情，在自然現象的描繪中寄寓抽象的哲理。他著眼於細微但具特徵性的小地方，廣泛運用對比與象徵，人類和宇宙萬象融合為一，留給讀者無限的想像空間。

　　丘契夫的情詩是徹底個人主義式的，熱情坦率與細緻溫柔兼具，記錄了自己刻骨銘心的情緣。他曾經兩度婚姻，數次戀情，一八五○年愛上女兒的教師戴妮仙娃(E. A. Deniseva)，同居十四年，備受社會譏嘲。一八六四年戴妮仙娃去世，丘契夫悲痛絕望之餘，又因妻子不咎既往深深自責，寫下許多悽婉動人的詩篇。這一系列與戴妮仙娃有關的作品常被視為最美、最真摯的俄文情詩。

　　丘契夫的哲理性思維，生動的大自然寫真與誠摯的感情表露，對俄國寫實文學及象徵主義詩歌都有影響。

她整日昏睡著 [①]　(1864)

　　她整日昏睡著，
　　夜影將她遮蓋。

夏日暖雨流淌，
沿著葉瓣輕唱。

她緩緩甦醒，
諦聽這喧響，
久久沉醉地欣賞，
陷入意識的思維——

彷彿與自我對答，
她張口說話
(我伴著，痛不欲生卻清醒)：
「啊，我曾多麼愛這一切！」——

妳愛過，妳的愛——
不，幾人曾經辦到！
天啊！——竟能活著——
這顆心竟未碎成片片——

①此詩寫於情人戴妮仙娃病榻前，詩人悲
　痛無助。戴妮仙娃不久後去世。

萊蒙托夫

(Mikhail Yuryevich Lermontov
1814-1841)

　　萊蒙托夫是俄國浪漫文學時代晚期多才多藝的詩人，一般相信，若非英年早逝，他很可能成為普希金最重要的傳承者。

　　萊蒙托夫生於莫斯科貧窮的退休軍官之家，母親為富有女地主之女。父親與外祖母極不和睦，母親因此抑鬱而終，當時萊蒙托夫年僅三歲，父親無力撫養，忍痛將他交給外祖母。家庭悲劇在萊蒙托夫幼小的心靈留下深刻創傷，他早熟、孤獨、內向、悲觀的個性表現在生活中，也表現在詩歌裡。

　　萊蒙托夫天資聰慧，十三歲便通曉法語、德語，閱讀了大量俄國及外國文學作品，受普希金與拜倫啟蒙最多。外祖母對他寵愛有加，並安排最好的教育環境。他在莫斯科大學附屬中學及莫大就學期間，因堅強的師資陣容與同儕間濃厚的人文氣氛，對文學產生深刻興趣，創作二百餘首詩。一八三二年卻因與教授衝突，遭退學

處分,轉學騎兵士官學校,兩年後畢業,派駐近衛軍驃騎兵團服務,並繼續寫詩。一八三七年為悼念普希金發表的〈詩人之死〉嚴厲譴責外國兇手及沙皇諸臣,迅速流傳,甚至引起號召革命的騷動,他立即被捕,流放高加索。經外祖母極力奔走,次年四月重返彼得堡。此後兩年他在雜誌上發表多首長詩,包括著名的《惡魔》與《修士》(或譯《童僧》)。

　　一八四〇年因故與人決鬥,再度放逐高加索;次年七月再因小事決鬥,不幸中槍,結束二十七年閃電般短暫的生命。萊蒙托夫在短促的一生中,創作抒情詩四百餘首,長詩二十七部(生前僅發表四部),劇本五部,小說六部,才華洋溢,卻幾乎通篇嘆惋人生無常,充滿悵恨無限的愁思,孤寂感特別濃重,欠缺普希金靜觀後的自在;詩的格律則比普希金自由靈活,常使用三音節的揚抑抑格,有時在同一詩中穿插抑揚抑格,音樂性較普希金強烈。

決鬥,萊蒙托夫繪。

情歌 (1829)

溫柔的心純潔，
青春不識情慾，
朋友啊，你將天真說：
　我有過幸福！……

誰若太早盡情享樂，
心中卻隱藏憤懣，
朋友啊，他將幻想：
　我有過幸福！……

轉瞬即逝的一生，
我竟品嚐如此絕望，
以致於無法說：
　我有過幸福！

萊蒙托夫手稿中畫的
蘇絲科娃。

致格魯濟諾夫 [1]　(1829)

想告訴你，親愛的朋友，

你真可笑，

繆斯的崇拜者，

為她們犧牲自我！……

那是枉然，親愛的朋友！

別想誘惑陰險的心；

需知繆斯是女性，

誰見過感恩的女人？……

---

[1]格魯濟諾夫（Josef R. Gruzinov, 1812-
1858）是萊蒙托夫的中學好友。

致蘇絲科娃 [1]　(1830)

我在妳身旁直到如今，

胸中之火不曾燃燒。

遇見或不遇見妳——

我心不曾跳躍。

然而為什麼？──初別離
卻使我心狂跳；
不，那不是痛苦；
我不愛妳──何必隱瞞！

然而我想在此逗留，
即使一天，或一小時
為了以妳明燦的光，
抑制我心的不安。

---

①此詩致女友蘇絲科娃（Yekaterina A.
　Sushkova, 1812-1868）。

美人魚 (1832)

1

美人魚浮游碧藍河水上，
　滿月照耀她煥然生光，
她費力拍打銀色的水浪，
　想把它們潑灑向月亮。

2

河水喧囂滾滾，
　搖晃水中倒映的雲彩；
美人魚唱著歌──歌聲
　飄揚來到陡峭河岸。

3

美人魚唱：「在這河底
　白日的光芒變幻；
那兒金色的魚群嬉遊，
　那兒有水晶城堡。

4

「密密蘆葦濃蔭下，
　晶瑩細沙堆枕上，
善妒波濤俘虜了一位勇士，
　來自異鄉的青年。

5

「我們愛在漆黑夜色中
　梳攏絲髮

正午時分不斷親吻

　　美男子的額與唇。

6

「但不知為什麼對這熱吻

　　他冷冰冰沉默無聲；

安睡著，依偎在我懷裡，

　　不呼吸也無夢囈！……」

7

懷著莫名的憂傷，

　　碧藍河上美人魚歌唱；

河水喧囂滾滾，

　　搖晃水中倒映的雲彩。

我倆分離 (1837)

我倆分離，妳的姿容

留在我心中，

如韶光的幻影

仍愉悅我惆悵的心。

我委身新的戀情，
卻難捨妳的倩影，
冷清的殿堂仍是廟，
推倒的聖神仍是神。

為什麼 [①]　(1840)

我憂傷，因為愛妳，
深知流言可畏，
不憐惜妳的青春光輝。
為每一良辰或甜蜜的剎那，
把淚和愁交付命運，
我憂傷……因為妳歡喜。

[①]此詩致女友謝爾巴托娃（M. A.
Shcherbatova, 1820-1879），她是年輕寡
婦，故戀情受人非議。

謝 [1]　(1840)

謝謝，為所有的一切，

為激情帶來的痛楚，

為辛酸的淚與惡毒的吻，

為朋友的中傷，敵人的報復，

為耗盡心靈的烈火，

為此生欺騙我的一切……

求你這樣安排我的命運

讓我還有幾天可謝。

---

[1]此詩道盡萊蒙托夫的倨傲不群的個性，
　不幸也預言了他的早逝。

不，我如此迷戀的不是妳 [1]　(1841)

不，我如此迷戀的不是妳，

妳姿容嬌麗卻不動我心；

在妳身上我追想往昔

和早已凋零的青春。

每當我久久凝望妳，
注視妳的眼睛，
心中蕩漾神祕話語，
卻不向妳傾吐。

我與年少時的女友敘情，
在妳的面龐捕捉她的形影，
從伶俐的嘴尋覓沉默的唇，
從明燦的眸探索熄滅的光。

---

①面對佳人，作者別有所思，追想已逝的
　情人。

卡爾佐夫

Aleksey Vasilyevich Koltsov
1809-1842

　　十九世紀三十年代俄國民謠詩歌因卡爾佐夫達至高峰。藝術化的俄國民謠詩歌可追溯至十八世紀，十九世紀二十年代又因德維豐富多采的俄羅斯歌謠而風行一時。這是非常生活化，極具俄羅斯純樸民風的歌謠；感情表述、圖象描繪、象徵手法都與純文學性的創作有極大差異；雖然並未完全回歸久遠年代的口傳民歌風貌，但其中的民俗精神生動而珍貴。

　　卡爾佐夫出身南俄，其父是唯利是圖的畜牧商人。童年時代開始，卡爾佐夫便一直生活在庸俗不堪的環境中，未能接受完整的學校教育，未能保護珍愛的戀人，三十三歲在無盡的折磨後猝逝。

　　卡爾佐夫奉父命到處販售畜牲，卻因強烈的求知慾望，孜孜不倦地閱讀各種文化和哲學書籍；年約十六，接觸了俄國古典詩與浪漫詩，為之陶醉，終日頌讀。二十歲開始，無師自通寫了許多詩，聊慰自己貧乏單調

的生活。一八三一年，作品偶然被也寫詩歌的莫斯科大學生斯坦克維茨（N. Stankevich, 1813-40）發現，推介給德維及別林斯基，在雜誌上刊載其詩，進一步獲得茹可夫斯基、普希金等大詩人鼓勵，迄至一八三八年，繼續寫了許多膾炙人口的民謠詩。

卡爾佐夫熟悉俄國農人的真實生活，親見黑麥在風中搖曳，農家老小在田中收刈；豔陽下，農人吆喝著瘦馬犁地；暮色中，凜冽的寒意覆蓋大地。這些純樸人民詠唱的歌謠，是卡爾佐夫不絕的靈感泉源。他以自然、直接、溫柔的感情，表露俄國人對自由天地的歌頌，對冒險犯難與遠方的嚮往。早期的浪漫曲兼有感傷情調和普希金式的優雅，他的民謠詩時常使用固定的辭彙和修飾語，形容詞的對比鮮明，詩句精短，節奏豐富多變，特別適合女性吟誦。

卡爾佐夫的情詩也豐盈美麗。他曾愛上家中女奴杜妮雅莎（Dunjasha），遭父母反對，把她暗地賣了，杜妮雅莎不久病逝，卡爾佐夫一輩子難忘傷痛，以許多首情詩記錄這段不幸的愛情。

卡爾佐夫多首作品經林姆斯基－高沙可夫（Nikolay A. Rimsky-Korsakov, 1844-1908）、魯賓斯坦（Anton G. Rubinstein, 1829-1894）等音樂大師譜曲，成為家喻戶曉

的名歌。這些音樂家認為，他的詩句有「震撼人心的感
染力」。真誠樸實的文字，抒情濃郁的感情，民歌風格
的節奏為卡爾佐夫最重要的長處。

戒指 ① (1830)

我點燃
春蠟的燭，
燒灼
心上人的戒指。

燒吧，燒吧，
不祥的火焰，
融化呀，融化
純淨的金。

沒有了她──對我
你只是多餘；
沒有它在手上──
巨石壓著心頭。

望它一眼──我悲嘆，
我思念；
雙眼滿溢
苦澀的淚。

她會回來嗎？
會不會有一點點訊息
叫我從死中甦醒，
安慰我這極度悲傷的人？

心中失去了希望…
你灑落
金色的淚珠，
甜蜜的記憶！

火中的戒指
暗沉沉，形狀卻完好如初；
在桌上將永不褪色的
回憶撞出了叮叮噹噹。

①杜妮雅莎被賣，音訊渺茫，卡爾佐夫面
　對情戒，思念佳人。

黑麥啊，你別吵！ ①　(1834)

黑麥啊，你別吵！
成熟的麥穗喧鬧。
割麥人啊，你別唱！
唱那遼闊無邊的草原。

如今我為什麼
聚積財物？
如今我為什麼
發財致富？

年輕人聚積，
聚積財富，
不為自己——
為心上人。

注視她的雙眼，
我心甜蜜。
注視她充滿
愛意的眼。

明亮的眼
卻已暗淡，
美麗的女郎
睡在墳裡了呀！

比山還重，
比夜還黑，
陰暗的哀思
壓在我心上。

①杜妮雅莎死訊傳來，卡爾佐夫萬念俱
　灰，寫下此詩。

阿列克謝·康斯坦丁諾維奇·托爾斯泰

Aleksey Konstantinovich Tolstoy

1817-1875

　　詩人、小說家、劇作家。出生彼得堡古老的貴族家庭，年少時，因為舅舅的引導，對文學發生興趣，曾旅居西歐多年，並曾在俄羅斯駐德國法蘭克福代表處工作。一八四○年返俄，開始於公餘之暇寫詩，但因當時文壇上詩歌的主流地位已漸為小說所取代，很少發表。一八五○年代，與日姆楚茲尼科夫 (Zhemchuzhnikov) 家族的表兄弟共同以筆名科茲瑪·普魯特科夫 (Kozma Prutkov) 為著名的文學雜誌《同時代人》撰寫諷刺詩和寓言詩，是他創作最豐富的時期。

　　一八六一年退休，避居鄉間，寫下著名的詩劇三部曲《恐怖的伊凡之死》、《沙皇費多·伊凡諾維奇》、《沙皇鮑里斯》，並曾出版詩集。晚年飽受神經病痛之苦，一八七五年辭世。

除了比較短的情詩、抒情詩、諷刺詩、幽默短詩，阿列克謝·康斯坦丁諾維奇·托爾斯泰也寫長詩、敘事詩、戲劇和小說。

他對祖國懷抱熱愛，不盡滿意周遭的環境，但對政治沒有興趣，多以愛情、俄國大自然、對鄉園故土的眷戀為寫作主題；文字樸實，感情熱烈率真，語調親切，格律自由，有民歌的色調，但抒情優美。以歷史事件為背景的敘事詩，情節傳奇，人物性格鮮明，摘取了民間英雄歌謠的形式。柴可夫斯基等音樂家曾將他的數十首詩譜為歌曲，因此阿列克謝·康斯坦丁諾維奇·托爾斯泰迄今在俄國享有相當知名度。

在喧嘩吵嚷的舞會上 ① **(1851)**

喧嘩吵嚷的舞會上，
塵世空虛的迷惘裡，
我偶然遇見妳，
妳的容顏神祕。

妳的雙眸悲淒，

聲音卻美妙甜蜜，
如遠方悠悠蘆笛，
如海上浪花輕盈。

喜歡妳的窈窕體態
和妳沉思的嬌容；
妳幽柔悅耳的笑
從此常在我心中。

寂寞孤獨的長夜裡，
疲憊的我歡喜躺下──
想見妳憂鬱的眼睛，
想聽妳歡悅的低語。

我憂愁地進入夢鄉，
在奇異的夢境中沉睡……
愛上妳嗎？──不知道，
只覺得，已墜入情網。

秋。小園荒蕪了 (1858)

秋。小園荒蕪了。
黃葉隨風飛舞；
只有遠方深谷，
串串深紅的花楸招搖。

我的心又是歡喜又哀愁，
默默揉搓烘暖妳的纖手，
望著妳，淚水無聲地流，
多麼愛妳，卻無從訴說。

那是早春時節　(1871)

那是早春時節，
青草方才萌芽，
小溪潺潺，天仍涼，
林間綠意已濃。

清晨牧童號角
猶未嘹亮吹起，
纖細的鳳尾草
仍在林中卷曲。

那是早春時節，
在白樺樹蔭間，
妳含笑在我面前，
低垂著妳的雙眼……

那是回應我的愛，
妳低低垂下眼瞼——
啊，生命！啊，森林！啊，陽光！
啊，青春！啊，希望！

我在妳面前哭泣，
注視妳可愛的臉，——
那是早春時節，
在白樺樹蔭間。

那是我倆年華之晨——
啊，幸福！啊，淚水！
啊，森林！啊，生命！啊，陽光！
啊，白樺的清香！

費特

Afanasy Afanasevich Fet
1820-1892

　　費特是純藝術性詩人，相信藝術是完美與歡樂的泉
源，引導欣賞者超越悲傷；對愛情與大自然的歌頌最能
表達這種美的感受，所以此二主張最常為他所歌頌。他
對現實世界的直覺印象，借助視覺、聽覺、嗅覺及瞬間
情緒的描繪，表達萬物特徵與人的內心狀態，並善於賦
予自然界以生動的靈性，以之襯托人的感情。這些感情
真摯強烈，常是非理性的，呈現的浪漫有濃厚的朦朧色
澤，在十九世紀後半葉俄國寫實文壇上顯得十分特殊，
被視為象徵主義詩歌先驅者。

　　費特原姓盛新（Shenshin），父親為俄國大地主，
母親是已婚德國人，丈夫姓費特，認識盛新後，她逃家
來到俄國。詩人出生時，父母尚未舉行婚禮，十四歲時，
因教會干預，改用了母親前夫之姓──費特，後來雖經合
法承認，恢復原姓，仍以費特為筆名。

　　一八四四年，費特畢業於莫斯科大學語文學系。在

學期間便常在文學雜誌《莫斯科人》及《祖國紀事》上發表詩作。評論家別林斯基、作家果戈里 (N.V. Gogol) 皆盛讚他的才華,果戈里稱道他是「莫斯科城最具天賦的詩人」。1844 至 1853 年間在南俄服役,與文藝界的接觸疏離。1853 年調職禁衛軍團,有機會接近彼得堡文人,其中屠格涅夫(I.S. Turgenev)對他的鼓勵最多,並協助出版詩集。1858 年起,他長年住在鄉間。當時小說當道,且批判性的社會思想流行,費特的夢幻式詩歌遭受譏嘲。六十及七十年代甚少作品發表,八十年代初期才重拾舊情,並於 1884 年出版詩集《黃昏之火》。寫詩之餘,費特也是出色的譯者,翻譯了拉丁文與德文詩,包括歌德的《浮士德》。此外費特對哲學的興趣濃厚,曾譯叔本華的《意志與表象的世界》。哲學與詩歌同是他重要的精神食糧,寄託詩人對理想境界的追求。

作為詩人,費特格調高雅,對美的捕捉細膩準確,音樂性強烈,旋律優美,使讀者油然滋生愉悅與嚮往之情,最受稱道。

我來向你致意 ① (1843)

我來向你致意，
訴說太陽昇起，
帶著熾熱光芒，
在綠葉間搖曳。

訴說森林甦醒，
細枝都已清明，
百鳥夢中振翼，
處處春的熱情。

訴說擁著昨日情意
又來到了這裡，
心中不變的熱情
欣然全獻給你。

訴說處處向我吹來
無限的快樂，
我不知要歌唱什麼——
曲調早已成形。

神祕之夜的靜默裡　(1844)

啊，神祕之夜的靜默裡，
妳的叨語微笑瞥視，
指尖繚繞的秀髮，
我久久驅散又喚回心頭，
我呼吸急促無人察覺，
懊惱羞愧紅暈灼燒，
在妳的字句
尋思如謎的線索；
嘟嚷並修正昔日
向妳訴說的笨拙話語，
我心醉神迷，
以珍愛之名喚醒夜的黯影。

輕聲細語,羞怯的呼吸 (1850)

輕聲細語,羞怯的呼吸,
　　夜鶯的啾啼,
銀色波光,徐徐的款擺,
　　昏睡的小溪,

夜的光,夜的影,
　　無邊的暗影,
不斷神奇變幻的
　　可愛的情景,

煙霧中的紫玫瑰,
　　琥珀的華彩,
又是吻,又是淚,
　　朝霞呀,朝霞!

多麼幸福:又是夜,又是我們倆 (1854)

多麼幸福:又是夜,又是我們倆!

河水如鏡映照著繁星，
那端……妳抬頭望望吧：
那樣的幽深明淨在我們上方！

哦，叫我瘋子吧！隨妳喜歡；
此刻我的理智軟弱，
胸中愛的浪潮洶湧，
使我無法沉默，無力站起！

我苦，我迷戀，為愛銷魂，──
啊，聽著！你要明白！我不能掩飾熱情，
我要說，我愛你，愛妳，──
只愛妳，只渴望妳！

不需要，我不需要幸福的閃現 (1887)

不需要，我不需要幸福的閃現，
不需要同情的話語和眼神，
　　讓我獨自號哭！
再度緊擁火熱的枕頭，

為難分難捨的情嘆息，
　　忘卻世上的一切！

倘若妳明白，我胸中陶醉
怎樣孤獨、纏綿甜蜜、
　　癡狂幸福的憂思，——
請輕輕舉步默默走過，
別讓妳的芬芳步履
驚動我的幽夢。

難道，樹林才換上新裝——
春夜裡——展翼的歌手
　　已畏懼白晝的陽光？
於是，晨星才驅散朦朧，
甦醒的鳥兒便停止唱歌——
　　於是幸福與歌也終了。

涅克拉索夫

Nikolay Alekseyevich Nekrasov
1821-1878

　　他是一八四〇至一八七〇年間俄國文壇上最重要的
詩人，是「庶民詩歌」的代表者。出生於小地主家庭，
父親粗暴無知，母親賢淑，盡力教養子女，涅克拉索夫
在母親保護下，順利完成中小學教育。一八三八年中學
畢業後，來到彼得堡。他想考大學，與父親要他進士官
學校的意見相左，被斷絕經濟資助，生活陷入困境，大
學考試落第，並為了糊口，努力向各文學雜誌投稿。這
段期間，他住在貧民窟，吃了許多苦，對低階層百姓的
悲慘命運印象深刻，形成後來作品中清楚的社會意識。
四十年代中期，涅克拉索夫展現辦雜誌的才幹，先後主
持幾本文學雜誌都極成功，成為出版界風雲人物。他的
長處是，敏於捕捉文學脈動，找到最適當的人，寫最熱
門的話題。五十及六十年代正是俄國所謂民主主義意識
高漲的時期，許多作家在作品中反映社會現象和問題，
反對「純藝術」寫作，以詼諧、諷刺或更尖銳的筆調批

判現況。涅克拉索夫發行的《當代人》（1847-1866）及負責主編的《祖國記事》（1868-1877）結合了多位當時十分積極的自由思想青年，其中有的後來被捕、被流放，雜誌也幾度遭警告和查封，涅克拉索夫卻能努力堅持自己的創作風格與雜誌的精神，誠然不易。

　　作為詩人，涅克拉索夫寫「人民的苦難」，但並不以旁觀者的同情姿態寫現實黑暗面，而是以自己身歷其境的方式直探社會悲劇；是寫實的，非抽象的，故詩中語言是庶民式的；思維邏輯亦不同於一般抒情詩的主角人物，其中表現的「革命－民主精神」積極清楚，開俄文詩歌之先例。

從前，我被妳拒絕　(1865)

從前，我被你拒絕，
沿著海岸來去徘徊，
充塞毀滅的念頭，
曾想躍進那波濤，
水流和悅清澈。
當我站上懸崖邊緣，

浪潮突然嚴峻昏暗，
恐懼阻止了我！
後來，滿懷愛和幸運，
我倆常在此流連。
你感謝海浪
曾拋棄了我。
如今，我被你遺忘，
經過多少淒涼歲月，
懷著重創的心
又來到這岸邊。
那念頭重新出現，
當我站上了懸崖。
浪花卻不再陰沉威嚇，
而是召喚我投入深淵……

索洛維約夫

Vladimir Sergeyevich Solovyov
1853-1900

　　十九世紀八十年代俄國知識界瀰漫實證主義思想，無論激進派或保守分子皆以辯證法為自己找出一套理論根據，他們都是「理想主義者」：冷血的或深度宗教性的。索洛維約夫屬於後者，並被認為是俄國第一位脫離斯拉夫正教傳統的宗教哲學家，一位神祕主義者。

　　索洛維約夫的父親謝爾蓋‧索洛維約夫 (Sergey Michailovich Solovyov) 是知名的歷史學者，為莫斯科精英知識分子，索洛維約夫深受薰陶，從小聰慧過人。他畢業於莫斯科大學歷史／哲學系，二十一歲獲碩士學位，任莫大哲學講師，一八八二年獲博士學位，並轉至彼得堡大學任教。但不久便離開教職，專事寫作並出版雜誌。

　　索洛維約夫的宗教觀傾向羅馬，認為梵蒂岡教宗才是基督代言人，並自稱曾三次經歷神蹟，他宣揚泛人類、無國界宗教，反對政治權威。作為詩人，他重視藝術美，

但蘊含哲學與宗教思維，有強烈的象徵色彩，對二十世紀象徵主義詩歌，特別是年輕時期的布洛克影響最多。

我倆並非無故相逢　(1892)

我倆並非無故相逢，
並非無故如烈火
燃燒我的熱情：
劇烈的折磨——
只是忠實的保證，
是生命之力。

在漆黑的灼熱深淵，
流溢著活耀的光輝，
永恆之愛。
從熾燃的牢獄，
我將為你贏取
火鳥之羽。

光明來自黑暗。黑色巨石上

你玫瑰的麗容
不能展姿，
倘若它深色的根
陷入朦朧的大地
卻不被吸允。

梅列日科夫斯基

Dmitry Sergeyevich Merezhkovsky
1865-1941

　　梅列日科夫斯基是俄羅斯著名詩人、作家、文學評
論家、歷史學家及哲學、宗教思想家。十九世紀末至
二十世紀初，俄國文學新潮流興起與他有不可分的關
係，是俄國象徵主義的先驅與重要推手。他曾被當時的
年輕作家奉為新文學宗師，也曾被西方人視為俄國最著
名的作家之一。

　　梅列日科夫斯基的父親是烏克蘭貴族，曾在沙皇宮
中任職，家中生活無虞卻不鋪張，之後也因父親的關係
認識了許多有名的作家。大學時期他先後在莫斯科及彼
德堡大學學歷史，一八八一年首次發表詩歌，一生著作
甚豐，涉獵的文類也很廣，有文論、詩集、小說等。
一八八九年，他與才華洋溢的女詩人及文學評論家濟比
尤絲結婚，夫妻倆對俄國文壇多有建樹。

　　梅列日科夫斯基積極推動俄羅斯文學的新概念，並
認為藝術的最高意義不但要以倫理道德引發欣賞者感

動，還強調文學藝術在真、善、美三個價值中，首應重
視「美」。他的作品包含深刻思想及神祕哲學，也很提
倡文化的力量，在當時長久著重寫實的文壇引起了一股
新潮流，使象徵主義躍上主流的舞台。

　　梅列日科夫斯基雖同情革命，卻與共產主義的觀點
不同，共黨當局也不欣賞他的文學主張，幾經拉扯，梅
列日科夫斯基夫婦於一九一九年底逃出俄國，經波蘭抵
達法國在當地長居，多有著述，至死未返俄羅斯。

啊不，求妳別走！　(1890)

啊不，求妳別走！
沒有比分離更大的痛，
我竟命定遭受這苦楚，
它緊緊壓入我胸口，

說：「愛我」吧。我返來，
痛苦、疲憊、蒼白。
妳看，我多麼軟弱不幸，
多麼需要妳的愛。

痛苦接踵而來，
等待那愛撫那吻，
思念妳，乞求妳：
啊，伴我吧，別走！

梅列日科夫斯基，列
賓（I. Repin, 1844-
1930）繪，1900 年。

布寧

Ivan Alekseevich Bunin
1870-1953

　　出身古老的地主家庭，家族中多人愛好文學，布寧
從小受普希金等浪漫詩人作品的薰陶，繼承了茹可夫斯
基、普希金、萊蒙托夫、裘契夫等人寫景抒情，真摯優
雅的傳統，描寫俄羅斯大自然與農村生活，詩情畫意
而饒具古風，被譽為蘇聯時代最具典雅品味的作家。
一九三三年獲諾貝爾文學獎，為俄國第一位獲此殊榮的
作家。

　　布寧寫詩，也寫小說。一八八九年起便陸續出版詩
集，一九〇三年以長詩〈葉落時節〉獲普希金獎，成為
甚受矚目的詩壇新秀。他曾旅行希臘、土耳其、巴勒斯
坦、埃及、印度，對佛教的「圓寂」與輪迴生死觀特別
感覺神祕與好奇，常在其詩與小說中表達類似的頓悟：
客觀面對生命的存在和消逝，認為死亡是無意義、無價
值的生命的解脫。

　　布寧對沙皇帝國的社會現象十分失望，但共產黨的

暴力革命亦不能得他認同，1918年避居克里米亞，兩年
後流亡至巴黎，繼續勤於寫作，1953年病逝異鄉。1954
年起，因史達林死後文藝界長期受箝制的氣氛逐漸鬆
弛，布寧的作品獲准在俄國發行，立刻獲得讀者廣泛迴
響。

　　布寧的文字簡潔典雅，結構完美，對物對事都觀察
入微，精確描繪，情緒冷靜，意境深遠。

午夜，我走向她　(1898)

午夜，我走向她。
她睡著——明月映照
她的窗——緞被
滑落，閃閃發光

她仰面躺臥，
裸露酥胸——
悄靜如盆中之水，
她的生命停滯夢中。

鈴蘭　(1917)

光禿的小林吹拂著寒意……
你在枯枝黃葉間閃現……
當時我正年輕，
孕育了第一首詩篇——

於是我青春純淨的靈魂
便永遠親近了你
濕潤清新，水份飽滿，
略帶酸味的香氣。

我倆在街角偶然相逢　(1925)

我倆在街角偶然相逢，
我步履匆匆——突然如光閃現，
穿透濃黑眼睫，
劃破黃昏餘暉。

她披輕紗——絲巾透明，

春風瞬間吹起。
在她臉上與眼中喜悅
我捕捉往日舊情。

她向我微微頷首，
離開街角曾經春天
她原諒我──也忘了我。

布留索夫

Valery Yakovlevich Bryusov
1873-1924

　　布留索夫是重要的象徵主義作家。一八九四年至
九五年間出版三小冊詩集《俄羅斯象徵主義者》，為俄
國象徵詩歌開啟序幕。一九○○年至一九一二年間，象
徵主義成為俄國文壇主流，布留索夫是其中主要代表。
但有別於許多強調哲學性寓意的象徵詩人 (如別雷、布
洛克、伊凡諾夫)，布留索夫傾向審美的表現，只重視
文字技巧、辭句結構與音韻效果；有時也使用有「重大
意義」的字眼，目的僅在加強詩意的效果。

　　布留索夫曾譯許多法文象徵詩歌，受法國詩人波特
萊爾（C. P. Baudelaire, 1821-1861）、魏爾倫（P. Verlaine,
1844-1896）、馬拉梅（S. Mallarmé, 1842-1898）及比利
時法語詩人維爾哈倫（E. Verhaeren, 1855-1916）影響最
多。他的詩因此一直有法國色彩，比較莊嚴而華麗。

杳無人跡　(1907)

徐風吹拂我的臉，
雲端霞光已滅，
我又踏上黃昏，
彷彿進入避難所。

有人帶著溫柔的殷勤，
從四面八方拉出黑幕，
我陶醉於短暫的幸福：
杳無人跡，只我一人！

我不曾在妳的墳上　(1914)

我不曾在妳的墳上。
不曾素衣下攜著十二月玫瑰
踏上清冷的山崗；
旁人之目不曾詫異
我規避他們視線的淚水。

只好如此！已麻木的喜悅
尚未再被許願，
妳明白我黑夜的憂愁，
妳知道我完整保存
我倆美好的愛情。

永久分離的驚駭
在心上不斷飄翔，
常在夜裡，冷霧中，
瘋狂地伸出雙手，
瘋狂地相信：妳與我同在！

怎麼辦？頹廢地活
在這裡，在這世上，沒有妳？
或應活著，像我們愛過那樣，
狂熱隨性地生活，
再努力，再痛苦，再愛？

我不曾在妳的墳上，
別斥責，別嫉妒！
我給妳最好的禮物──不是玫瑰：

一切遠比我們共同生活時更好，
所有、所有我的生動幻想，
所有又湧現的淚
和每個新吻！

布洛克

Aleksandr Aleksandrovich Blok
1880-1921

　　布洛克是俄國最傑出的象徵主義詩人。他出身書香門第，父親是大學教授，外祖父曾任彼得堡大學校長，從小深受文化薰陶，年輕時喜愛茹可夫斯基的浪漫詩歌，後來認識索洛維夫的神祕宗教哲學，從此將具體的形象與幻想化的精神融合，成為象徵詩壇健將。

　　布洛克詩中有細緻的音樂神韻和生動的幻象。他的第一本詩集《美女詩篇》（1905）中的「美女」既是實際生活中的心儀對象，也是索洛維約夫宗教理想中的女神：女神下降塵世，不僅散發光華的形象，也表達作者對宗教力量的信念與期待。類似的形象對比強化詩人內在的敏感與緊張，他的詩歌充滿躁動不安的激情、極端的興奮與悲哀；詩中的音韻活潑，常跳脫俄詩的格律常規。此外，與許多俄國作家一樣，他經常抒寫至為深切的祖國愛，甚至賦予俄國及俄羅斯思想拯救世界的「基督形象」，都為俄國象徵主義文學作了高度發揮。

我步入幽暗的教堂　(1902)

我步入幽暗的教堂，
完成一次空泛的儀式。
在那裡我等待美女
在紅燈的微弱顫抖中。

在高高圓柱陰影裡，
門的吱咯令我哆嗦。
唯有那聖容，唯有對她的憧憬，
閃爍著，直視我的臉。

啊，我已熟悉這位
莊嚴永恆女神的法衣！
教堂窗簷上高飛著
微笑、神話與夢想。

啊，女神，燭光多麼溫柔，
妳的聖容多麼令人振奮！
我聽不見話語和聲音，
但我相信：親愛的，那是妳。

秋的自由　(1905)

我走上眼前的道路，
風屈折彈性的灌木，
碎石仰臥斜坡道上，
黃土鋪覆貧瘠岩層。

秋氾濫潮濕的山谷，
裸露大地的墓。
沿途的村落中，
花揪揚起濃濃的紅。

看啊，我的歡悅，它舞著，
響著，響著，跌入灌木中。
你五彩斑爛的衣袖，
在遠方，在遠方揮舞。

誰誘我來到這路，
向著牢獄之窗冷笑？
是拖曳在石道上
吟唱讚美詩的乞兒？

不，我走上無人呼喚的道路，
大地如是輕盈，
我將諦聽俄羅斯的醉語，
我將在酒店屋簷下歇息。

我將歌誦自己的幸福，
唱我酩酊中毀去青春。
我將哭你田園的淒涼，
也將永遠愛你的遼闊。

許多人──奔放的，青春的，優雅的
不曾愛，便將死去……
在天涯盡處收容他們吧！
沒有你如何活？如何哭？

赫列布尼科夫

Velimir Khlebnikov

1885-1922

　　約一九一○至二○年間，以赫列布尼科夫（原名 Viktor Vladimirovich Khlebnikov）為首的一批年輕詩人自稱未來主義者，以特別的姿態出現俄國文壇。他們反對象徵主義的神祕性與思想哲學性，認為詩是自由獨立的個體，與任何傳統、任何哲學無關；視文字為生命之物，嘗試進行「字的實驗」，研究俄文的字與文法來源，然後將單字加上前綴，變化字尾，或將兩字組合成一個新字，賦予新的意義。探索字源的同時，他們也從久遠的世界中覓取生命與文化的根源，所以這些新字組成的詩歌不僅使俄詩的音律形式產生大幅度變化，也組成了一個新世界—— 一個有生命的文字世界。以赫列布尼科夫為例，這種特殊寫法，限制了他的讀者範圍，除了詩人和語言學家，幾乎沒有人讀他的這類作品。詩人認為他的學說具有深刻道理，發掘了俄詩新變化的可能性；語言學家認為他是語言大師，深知語言的文化活動性，並

將此活動性表現出來。同時代俄國另一位重要詩人孟德斯丹曾對赫列布尼科夫的「新詩」作精要評析：「赫列布尼科夫不知何謂『同時代人』，他是整部歷史的一員，歸屬完整的語言系統與詩韻文學。……他不只是寫詩或韻文，他寫的是巨幅古俄羅斯畫冊與祈禱書，以千百年來的創作為根源。」

赫列布尼科夫自畫像。

人・他們愛的時候　(1911)

人，他們愛的時候，
目光深長，
嘆息深長。
獸，牠們愛的時候，
眼中混沌不清，

唾沫橫飛。

太陽，它們愛的時候，

以大地之布覆蓋黑夜，

款擺舞步移向眾生。

神，祂們愛的時候，

牽引宇宙的跳動，

像普希金把熾情獻給瓦康斯基的女僕①。

---

①指普希金年少時期曾傾心的娜塔莎。

赫列布尼科夫，
1916 年瑪亞科夫
斯基繪。

古密略夫

Nikolay Stepanovich Gumilev
1886-1921

　　他很早就展現詩情，原先傾向象徵主義，後與孟德斯丹、阿赫瑪托娃等人致力推動純藝術的阿克美派詩歌。阿克美派詩人反對象徵主義作家把世上各物視為象徵體或別具意義之物，認為詩人不應是傳教士，而是純粹的藝術家；主張以毫無成見的眼光欣賞世界、以清新的文字，生動、明確、真摯的描繪，使詩成為純藝術的作品。

　　古密略夫曾旅行歐洲、亞洲、非洲，作品有濃厚外國（特別是西歐新詩）色彩與幻想性，內容多采，語調樂觀，詩句純摯，韻律強烈。

　　一九一○年古密略夫與著名女詩人安娜·阿赫瑪托娃結婚，一九一八年離異。一九二一年被俄共政府以反革命罪名逮捕，同年槍決。一九八六年才獲平反。

太陽之唇 (1917)

不能忘卻，不，在我的命運中，
妳的童真口吻與率真的少女眼神，
為此，想到妳，
我言語思想都洋溢節奏。

我感應著滔滔汪洋，
在月的引力下搖擺，
而群星，閃耀前移
在久已註定的軌道上。

啊，妳若與我永遠同在，
微笑燦爛而真實，
那麼我將踏上星晨，
親吻太陽熾熱之唇。

阿赫瑪托娃

Anna Andreevna Akhmatova
1889-1966

　　阿赫瑪托娃為筆名，原姓葛連科（Gorenko），出身南俄敖德薩，十一歲能詩。在彼得堡讀大學時，開始在雜誌上發表作品，立刻引起注意。

　　一九一〇年與古密略夫結婚後，曾遊歷巴黎及義大利。西方文化與藝術開闊了她的視野與寫作題材，他們與孟德斯丹等數位年輕詩人共同提倡俄詩回歸藝術之美，排斥哲學思想與宗教意識濃厚的象徵詩歌及號稱前衛的未來主義，主張詩句簡潔、節奏勻稱、形式完美，具體精繪真實的感情與日常事件。

　　一九一二年出版第一本詩集《黃昏》，兩年後《念珠》問世，一九一七年《白雲》出版，都引起轟動。她的文字純淨細膩，寫感情的震顫，纏綿縷縷，晶瑩悅耳；熱情之餘，有極端的溫柔；從不堆砌詞藻，卻能不落俗套。但因共黨蘇維埃認為她的詩悲觀空洞，一九二二年起，作品不能出版。二次大戰期間曾短暫復出，

一九四六年再度被批，並被逐出蘇聯作家協會，一九五
〇年代後期始獲平反，重新出版詩歌，譯為多國文字，
在國際間享有盛譽。

阿赫瑪托娃與丈夫古密略夫以及兒子尼古拉合影。

還是那聲音，還是那目光　(1909)

還是那聲音，還是那目光，
還是亞麻似的柔髮，
一切和去年一樣。
陽光穿透玻璃窗，
閃爍著灰白的牆⋯⋯
清新的百合花香，
和你的真誠話語。

愛　(1911)

有時像小蛇蜷成一團
在心中施展法術，
有時像鴿子在白色窗前
終日咕咕。

偶爾在亮霜中閃現，
彷彿入紫羅蘭夢裡⋯⋯
然而她真確而神祕地，

來自喜悅，來自寧靜。

在悒鬱琴聲的祈禱中，
她如此甜蜜地泣訴，
在依然陌生的淺笑裡，
我驚悸地將她認出。

深色面紗下我緊握雙手 　(1911)

深色面紗下我緊握雙手⋯⋯
「妳今日為何臉色慘白？」
——因為我以苦澀的悲傷
將他灌醉。

我怎能忘記？他踉蹌地走了出去
嘴角痛苦地扭曲⋯⋯
我未扶欄杆，奔下樓去，
跟在他身後，跑到門前。

我急喘地呼喊：「那都是玩笑。

你若離走，我會死去。」
他漠然可怕地微微一笑，
對我說：「別站在風口。」

最後的相會之歌 (1911)

心無助地冰涼，
腳步卻輕盈如常。
我把左手的手套，
套在了右手之上。

階梯彷彿許多級，
我知道不過三階。
楓林間秋風低語：
「和我一同死吧，
我飽受命運欺瞞。」
我答：「親愛的，親愛的，
我也是，讓我與你一同死吧！」

這是最後的相會之歌，

我望一眼漆黑的房。
只有臥室的燭
閃著昏暗的光。

親愛的，別將我的信揉作一團 (1912)

親愛的，別將我的信揉作一團。
朋友，請你把它讀完。
我已厭於裝作不相識，
在你的路上如陌生人。

別這樣看我，別忿忿地蹙眉，
我是你的愛人，我屬於你。
我不是牧羊女，不是公主，
更不是修女——

身上是灰色的衣裳，
足下是磨損的鞋跟……
擁抱卻熾熱一如從前，
大眼裡有同樣的恐懼。

親愛的，別將我的信揉作一團，
別為私藏的謊言哭泣。
把信放入你的背囊，
放入你背囊的盡底。

我柔順地默想　(1913)

我柔順地默想
你的灰眼模樣。
獨居特維爾的歲月裡，
苦苦把你懷想。

你豐美之手的幸福俘虜
在涅瓦河左岸，
我著名的同時代人啊，
果然發生了你之想望。

你命令我：夠了，
走開，擊斃那愛！

於是我憔悴消瘦，
卻更強烈地惦想。

但我若死去，誰
為你抒寫我的詩？
誰將我未表的情
吟唱為嘹亮的歌？

莫將真正的柔情⋯⋯ (1913)

莫將真正的柔情與別的
混淆，它溫和安定。
你不必小心翼翼以皮衣
包護我的雙肩和胸。
不必以恭順的字語
訴說你初次的愛戀。
我多麼熟悉你
固執貪婪的眼。

我倆不再同杯共飲　(1913)

我倆不再同杯共飲，
無論白水還是佳釀，
不在黎明時親吻，
不在黃昏時凝望。
你呼吸太陽，我鍾情月光，
愛跳動在你我胸膛。

伴我的是忠實溫存的男友，
陪你的是歡悅快樂的女郎。
但我明白你灰眼中的恐懼，
也知曉你是我病痛的原由。
我倆不再時常短暫相聚，
只能珍惜這命定的平靜。

唯有你的聲音在我詩中蕩漾，
我的呼吸在你詩中洋溢。
啊，有一堆火，忘卻
與恐懼都不敢觸及。
但願你明白此刻我多麼渴望

你玫瑰色乾裂的唇！

愛的回憶，你真沉重！　(1914)

愛的回憶，你真沉重！
我在你的煙中歌唱、燃燒，
對別人——它只是火燄，
為了溫暖冷卻的心靈。

為了溫暖受傷的軀體，
他們需要我的淚……
天！我歌唱竟是為此，
我耽於愛竟是為此！

讓我飲下那杯毒液，
從此瘖啞不語，
以徹底的遺忘洗滌
我可恥的名聲。

海濱公園小徑暗淡 (1914)

海濱公園小徑暗淡，
街燈又黃又亮。
我很平靜，但
莫要談他。
你溫柔忠誠，我倆將是密友……
將同行，親吻，老去……
皓月在上空飛翔，
如雪一般的星光。

不知你活著還是已經死去 (1915)

不知你活著還是已經死去，
在大地上可以將你找尋，
或只能在黃昏的沉思中，
情深意切地為逝者惋惜。

都獻給你：白日的祈禱，
失眠時惽懶無力的熱情，

一頁又一頁的白色詩篇，
還有我眼中的藍色火焰。

沒有誰更深入我心，
沒有誰更令我銷魂，
甚至那帶給我痛苦的人，
曾經愛撫又忘卻我的人。

我停止微笑　(1915)

我停止微笑
寒風冷卻我的唇，
少了一分希望，
多了一首歌。

於是我因這首歌
換來譏諷和侮辱。
沉默的愛在心底
滋生難堪的痛楚。

密友之間有一道神聖的線　(1915)

密友之間有一道神聖的線，
愛慕與激情不能跨越——
縱然唇在可怕的靜寂中合一，
心為愛碎成片片。

友誼在此疲癱，還有
高亢火熱幸福的歲月，
當心靈自由飛翔
欲望不再遲鈍疲憊。

渴望的人瘋狂，
獲得的人——被苦惱擊潰……
如今你明白，為何我的心
在你手中並不顫跳。

我的小窗未遮簾　(1916)

我的小窗未遮簾，
請你直視我的房。
此刻我雀躍歡喜，
因為你不能離去。

任你斥我不道德，
任你惡意訕笑：
我曾使你失眠，
我曾使你愁苦。

我們不能分離　(1917)

我們不能分離，——
依舊肩併肩地走來走去。
天色已經入暮，
你沉思，而我默默無語。

我們步入教堂，看見

安魂禱，浸洗，婚禮。
我們退出，不相注視⋯⋯
為什麼我們沒有那樣的儀式？

讓我們坐上踐平的雪地，
在墓台上輕輕嘆息，
你以小木杖畫幾座宮殿，
我倆永遠住在那裡。

阿赫瑪托娃 1912 年第一
本詩集《黃昏》扉頁，藍
謝瑞（E. Lanceray, 1875-
1946）插畫。

巴斯特納克

Boris Leonidovich Pasternak
1890-1960

　　一九五八年，巴斯特納克因「現代抒情詩及繼承俄羅斯偉大而優秀的小說傳統的傑出成就」獲得諾貝爾文學獎，卻遭蘇聯政府強烈指責，不得不辭謝受獎，兩年後病逝。

　　巴斯特納克出身猶太裔家庭，父為畫家，曾任莫斯科美術學校校長，曾應托爾斯泰之請，為《戰爭與和平》精裝本及《復活》繪圖；母親為名鋼琴家安東·魯賓斯坦的得意門生。巴斯特納克自己也曾學習作曲，後轉讀哲學，都未能繼續，最後選擇寫作為志業，成為二十世紀俄國文壇巨匠。

　　一九一三年，巴斯特納克開始發表詩作，一九二二年起也寫散文，一九三六年以後專注於西洋文學的翻譯（包括莎士比亞悲劇與歌德的《浮士德》）。一九五四年發表《齊瓦哥醫生》中的十首詩。這本小說完成於一九五六年，但未能獲准在俄國出版，次年由義大利

書商印行，立刻被譯為各國文字。他去世後二十八年（一九八八年），《齊瓦哥醫生》俄文版才首度在俄國發行。

他的早期詩作兼受象徵主義、阿克美派與未來主義的影響，常使用不尋常的隱喻，艱深難解，音樂感強烈（此與早年對音樂與哲學的興趣顯然有關）。與多數重要作家一樣，「生」與「死」是他最關心的課題，努力於積極參與生活和歷史，「經驗它、觀察它、表現它」，以藝術家的感情追尋真理與人生意義。巴斯特納克後期的作品呈現較高的格調，以有時脆弱、有時消極的真實人性，成熟對世事的領悟，從人生苦難與人性缺陷中看到生命的意義。「因為藝術家是創造者，表達從痛苦中誕生的新精神，使生命達致超越的境界。」

相會 (1949)

雪花灑遍過道，
把屋頂坡面掩埋。
我正要出去活動雙腿，
妳站在門外。

妳身穿秋外衣，獨自一人，
不戴帽，沒著套靴，
強抑心底的激動，
嚼著濕漉漉涼雪。

林木與柵籬
伸向遠方，沒入暗影。
雪花中妳孤伶伶
立在門外角落裡。

水從頭巾滴下，
從袖肩到袖口。
一粒粒露珠
閃爍髮叢間。

淡黃的秀髮
照亮妳的面容，
頭巾、形體
和這一身外衣。

睫毛上覆著瑞雪，
眼眸中含著悲悽，
妳的形貌面容
如此渾然一體。

彷彿有人以鐵筆
蘸浸入烏髮水，
沿著我的心田
深深刻劃了妳。

這溫柔的形體
永遠留駐我心。
為此我不理會
人間殘酷無情。

這雪中之夜
因此混沌模糊，
無法在妳我間
劃出界線一道。

但是當這些歲月
只剩下流語閒言，
我們是誰，來自何處，
彷彿世上不曾有過我們？

巴斯特納克，父親繪。

阿謝耶夫

Nikolay Nikolayevich Aseev
1889-1963

　　蘇聯時期詩人、翻譯家、劇作家及俄羅斯未來主義
的推動者，曾獲史達林文學獎。

　　阿謝耶夫的母親很早去世，父親很快再娶，他的童
年時光主要在外祖父家度過。阿謝耶夫先後在莫斯科大
學與哈爾科夫大學歷史－語言系就讀，畢業後服兵役以
外，寫作不輟，之後更幫助許多年輕作家，是蘇聯時期
重要文化工作者。

　　阿謝耶夫自一九○九年開始出版作品，之後與著名
作家及詩人巴斯特納克成為俄羅斯未來主義重要支持
者。初期作品帶有象徵主義風格，但受未來主義重要作
家影響，接觸赫列布尼科夫作品，並與瑪亞科夫斯基認
識後，逐漸有了自己的風格：前者影響阿謝耶夫在作品
中加入古斯拉夫民俗文學元素，後者則使阿謝耶夫在作
品中以「擁抱革命」為主題。

　　阿謝耶夫與蘇聯共產政權立場一致，因此寫作生涯

順利，一生出版約八十本詩集，曾譯毛澤東詩作。

沒有妳，我不能活！　(1960)

沒有妳，我不能活！
沒有妳，下雨對我是乾旱，
沒有妳，暑熱對我是寒冰，
沒有妳，莫斯科對我是荒地。

一小時沒有妳，對我是一年；
願時間變小，敲碎它！
沒有妳，藍天蒼穹
對我是石塊。

我什麼都不關心——
朋友的窮困，敵人的忠誠，
我什麼都不期待，
除卻妳珍貴的腳步聲。

孟德斯丹

Osip Emilyevich Mandelshtam
1891-1938

　　生於華沙，長於彼得堡，父為猶太裔人，曾多次遊歷西歐各地，對西方文化，特別是法國、德國、義大利及希臘、羅馬的古典文學皆有深入研究。早年受法國象徵主義詩人影響，一九〇九年起便寫了許多好詩。一九一二年開始，與古密略夫、阿赫瑪托娃共同熱心推動阿克美派詩歌，意象豐富但語言清晰，要求形式完美及文字間的音樂性，使俄詩重現「詩情畫意」的藝術之美。

　　孟德斯丹取材範圍甚廣，涵蓋許多不同的文化與古代詩人：猶太精神世界、希臘羅馬古文明、中古歐洲、哥德建築、但丁作品及法國、俄國、美國（愛倫坡）文學研究，使讀者覺得，他的詩不僅優美，而且有份量，有深度。

　　俄共革命後初期，與許多作家一樣，對新政權懷抱希望，幻想新的、美好的時代來臨，並發表了一些批評

時局的詩文，一九三四年被捕，判三年流放。一九三八
年再度入獄，死於海參威勞改營。

我尚未死…… (1937)

我尚未死，仍不孤獨，
當我與赤貧的女友
共享平野的壯闊、
幽暗、饑餓與風雪。

奇妙的饑餓中，豐饒的匱乏裡
我獨自生活——寧靜而歡慰——
日日夜夜受祝福，
悅耳的勞動純潔。

不幸者是如自己的身影，
為吠聲驚嚇，被風刈伐的人，
貧者是只一半活著，
向黑影祈求施捨的人。

茨維塔耶娃

Marina Ivanovna Tsvetaeva
1892-1941

　　她與阿赫瑪托娃並列為俄國最有才華的女詩人。父親是莫斯科大學教授，母親為鋼琴家，十八歲出版第一本詩集，熱情洋溢、辭藻迷人。因為不能認同共產黨，一九二二年離開俄國，在布拉格居住三年後，前赴巴黎。在巴黎流亡俄人圈中，卻因個性孤傲，與其他俄國人逐漸疏離。

　　一九三九年返莫斯科不久，其夫即被槍決，女兒入獄，她的理想與希望完全破滅，一九四一年自縊身亡。

　　茨薇塔耶娃常以愛情、死亡為主題，以十分活潑多變的意象和韻律帶領讀者走入敏感的精神世界。她的精神世界多情卻孤獨，高尚堅毅卻敏感絕望。

我歡喜你不再為我痛苦 (1915)

我歡喜你不再為我痛苦，
我歡喜我不再為你憂鬱，
歡喜這沉重的地球
並未從我們腳下漂去。
我歡喜，也許可笑——
也許率性——不再甜言蜜語，
不再因衣袖輕觸
泛起窒息的紅潮。

也歡喜你在我眼前
坦然將別人擁入懷裡。
不有意叫我在地獄之火中
灼燒，為了我不再能吻你。
歡喜你無論白天、無論黑夜，
不再喚我溫柔的名，喚也無益——
歡喜教堂的靜肅中
不再有人為我們高唱：哈利路亞！

我全心全意感謝你
這樣愛我──你自己不明白！──：
為了我黑夜的寧靜，
為了日落不與你會晤，
為了月下不與你同遊，
為了日出不與你相依，──
為了，唉！你不再為我痛苦，
為了，唉！我不再為你憂鬱！

因為即將離去　(1915)

因為即將離去，
以不盡的溫柔
我猶豫難定
留給誰狐皮，

留給誰軟毯，
精緻的手杖，
留給誰銀鐲，
綠松石指環⋯⋯

還有珍藏的
紙條與花枝，
深情難了的詩篇，
還有你──我的最後一夜！

今夕我孤獨一人　(1916)

今夕我孤獨一人，
黑衫女子失眠遊蕩！
今夕我的鑰匙開啟
京城所有的大門。

失眠推我上路，
昏暗下克里姆林斑斕！
今夕我深深親吻
戰火侵蝕的大地。

不是頭髮是毛皮飛揚！
悶熱的風吹入心裡。

今夕我憐惜每一個
受苦的，吻過的人。

你的名字　(1916)
獻給布洛克^①的詩

你的名字是手中的小鳥，
你的名字是舌上的薄冰。
雙唇獨一無二的動作，
你的名字五個字母^②，
是飛馳中被攔截的小球，
是含在口中的銀鈴。

扔進無聲池塘的小石，
會像呼喚你那樣嗚咽。
夜間輕輕馬蹄劈啪中
你響亮的名字雷動。
槍機喀嚓一聲鳴響
喚它進入我的鬢角裡。

你的名字啊，不能說！

你的名字是眼上的吻，

嬌柔凝滯冷冷的眼瞼。

你的名字是雪上的吻，

一口冰涼天藍的甘泉。

念著你的名，我的夢深沉。

---

①即著名象徵主義詩人布洛克。
②指當時布洛克的俄文姓氏在俄文正字
　法改革（1918 年）之前有五個字母：
　「Блокъ」，現為四個字母：「Блок」。

布洛克第一本詩集《美女詩
篇》，1905 年版書封，上
面第一行末五個字母，即為
布洛克姓氏的舊式拼寫法。

沒有人能取走任何東西 ① (1916)

沒有人能取走任何東西——
分居兩地對我也是甜蜜。
穿越百里距離，
我親吻你。

我明白你我天賦不同，
第一次我的聲音——平靜。
我粗糙的詩句，對你，
少年德札文啊，有何意義！

我劃十字祝禱危險的飛行：
飛吧，年輕的鷹！
你直視太陽，不瞇起眼睛，
我青春的目光是否沉重？

沒有人目送你的背影，
如此溫柔，如此痴迷……
穿越百年時光，
我親吻你。

①這首和下一首詩都是獻給當時相戀的詩
人孟德斯丹。

哪兒來的這般柔情？ (1916)

致 孟德斯丹

哪兒來的這般柔情？
這鬆髮我並非初次撫弄，
吻過的唇
比你的更濃更紅。

星星升起又滅，
哪兒來的這般柔情？
直視我的那雙眼睛，
眸兒閃亮隨即暗淡。

哪兒來的這般柔情？
每當暮色深沉，
依偎在歌手的懷裡，
我聽過別樣的歌聲。

哪兒來的這般柔情？
長長的睫毛，調皮的
少年，遠來的歌手，
這情懷如何了結？

我要從所有大地…… (1917)

我要從所有大地，所有天空奪走你，
因為森林是我的搖籃，我的墓地是森林，
因為我站在地上──只用一條腿，
因為沒有任何人像我這樣歌頌你。

我要從所有時代，所有黑夜，
從所有金色旗幟，所有寶劍奪走你，
我丟下鑰匙，驅走台階上的狗──
因為在大地夜裡我比狗忠誠。

我要從所有別人，從那女人奪走你，
你將不做任何人的新郎，我──不做任何人

的新娘，
最後的爭執中我要帶走你──你別開口！──
從黑夜與雅各同在的那人 ① 那裡。

但只要我尚未將你的雙手交疊胸前 ② ──
哎！──你暫且留在那裡：
你的雙翼已朝向青天，──
因為世界是你的搖籃，你的墓地是世界。

---

①指曾在曠野上三次向雅各顯現的上帝。
②俄羅斯民俗，死者雙手交疊胸前入殮。

旁人不要的──給我 (1918)

旁人不要的──給我！
讓一切在我的火中燃盡！
我向生命，也向死亡招手，
作我火燄的輕盈禮物。

火燄需要輕盈物資：

去年的枯枝──花環──話語，──
火──在養料中洋溢，
你們卻將重生──比灰純淨！

我是鳳凰鳥，只在火中歌唱！
扶持我高昂的生命！
我高亢地燃燒──盡情燃燒！
於是夜將為你們明亮！

冷酷的火，熱烈的泉！
我昂揚我高高的軀體，
我撐舉我高高的尊位──
是你們的對話者和繼承人。

葉謝寧

Sergey Aleksandrovich Yesenin
1895-1925

　　出身農家、有鄉村詩人之譽。鄉村沃野、農民生活及宗教傳統培養了他樸素清新、敦厚熱情的風格。葉謝寧十五歲左右開始專注於詩歌寫作，早期詩篇多短小輕快，富濃厚民歌風情；寫農村繁重卻單純知足的勞動生活與對俄羅斯土地深沉的愛，反映真實生活的多樣內容與對美好未來的幻想，有喜悅也有憂傷。

　　一九一七年，二月革命發生，葉謝寧與許多文人一樣，也曾寄望建立新的農人祖國，一個肉體與精神都更有尊嚴的生存之地，在一九一七年後的多首詩中謳歌此理想。但一九一八至一九二〇年間，俄國大局未定，社會混亂，農村文化與農人自由飽受殘害，葉謝寧傷感農村俄羅斯面臨末日，陷入困惑迷惘的情緒低潮，導致第一次婚姻破裂。一九二二至二三年，與美國舞蹈家鄧肯（Isadora Duncan, 1877-1927）締結短暫姻緣。鄧肯年長葉謝寧十八歲，雙方語言不通，卻一見鍾情。葉謝寧隨

鄧肯遊歷歐美，對西方文明不無嚮往，並感懷流亡俄人的悲劇命運，筆鋒轉向辛辣。

一九二五年，葉謝寧再婚，對象是文豪列夫‧托爾斯泰（Lev Tolstoy）的孫女索菲雅，婚後生活並不美滿。同年十二月底，詩人自縊身亡。

再也無法重返那寒夜　(1912)

再也無法重返那寒夜
再也無法看見心上人，
再也無法聽見夜鶯
園中啼唱歡悅之歌。

春夜已飛去無蹤，
無法喚她：「回來吧！」
淒涼的秋迎面襲來，
纏綿的雨勾起傷懷。

情人在墓裡沉睡，
埋下她心中的愛，

秋風吹不醒美夢，
熱血永不再沸騰。

夜鶯的歌停息，
飛向海角天邊，
從此不再響起
那一夜的歌聲。

所有愛的喜悅
都以渺渺消逝，
只剩冷卻的心，
無法重返當年。

明天早早把我喚醒 (1917)

明天早早把我喚醒，
啊，堅忍的母親！
我要在路旁小丘後
迎接尊貴的客人 ①。

今日我曾見密林中
草地上寬寬的輪痕。
風在雲幕下吹拂
金色的車輮。

灌木枝下壓低月牙帽，
明日晨曦中他將奔馳，
馬兒在平原上空
歡喜舞動棕紅尾巴。

明天早早把我喚醒，
燃亮我們小屋的燈。
有人說，我將成為
知名的俄羅斯詩人。

我將謳歌妳和客人，
我們的爐灶、公雞和小屋，
我的詩中將滿溢
妳棕黃母牛的乳汁。

我憂愁地凝望妳　(1923)

我憂愁地凝望妳，
多麼痛苦，多麼惋惜！
也許只有楊柳的黃
與妳我同留九月裡。

陌生人的唇帶走了
妳的溫熱與軀體顫動。
彷彿下著濛濛細雨，
來自些許麻痺的心靈。

好吧！我不畏懼。
別種歡樂已為我開啟。
反正已所餘無幾，
除卻槁黃腐朽與潮濕。

須知我連自己都不為
寧靜的生活與笑顏珍惜，
我走過的路這樣少，
我犯過的錯這樣多。

可笑的生活，荒唐的紛爭，
過去曾如此，將來也相同。
花園如墓地，
落滿白樺的殘骨。

我們也將如此凋謝，
不再喧囂，如園中過客……
如果冬天沒有花朵，
便不需為花兒傷悲。

給母親的信 ① (1924)

妳健在嗎，我的老母親？
我也平安，問候妳祝福妳！
願妳的小屋上流漾

黃昏不可名狀的光。

有人來信說妳憂愁不安，
為我深深悲嘆，
說妳常徘徊路上，
身穿破舊短衫。

說妳常在暗藍暮色中
見到同一幻象——
彷彿有人在酒館毆鬥，
把芬蘭刀捅入我心臟。

別這樣，親愛的，請安心。
那只是折磨人的幻象。
我可不是糟糕的酒徒，
未曾見妳一面便死亡。

我依舊溫良如從前，
心中只有一個希望，
快快脫離驚擾的傷感，
返回我們低矮的家門。

我將回來，當白色庭園
綻放春之枝椏。
但莫在黎明時把我喚醒，
如八年前那樣。

別喚醒已然覺悟的夢想，
別觸動未能實現的期望──
我太早在生命中
體驗疲憊和創傷。

別教我祈禱。不需要！
再不會重返往日夢想。
唯有妳是我的救助和慰藉，
唯有妳是我不可名狀的光。

請忘懷妳的驚慌，
莫為我如此憂傷。
別常常徘徊路上，
身穿破舊的短衫。

①此為葉謝寧典型「鄉村詩歌」之一。此
類作品還有〈給外祖父的信〉、〈給妹
妹的信〉、〈狗之歌〉、〈麵包之歌〉,
純樸親情之餘,有對社會變遷的感嘆。

情人的手像一對天鵝　**(1925)**

情人的手像一對天鵝,
在我的髮間時隱時現。
普天下的人們
反覆吟唱情歌。

遙遠往日我也唱過,
如今將它重新唱起,
倘若心盡情地愛,
它將珍貴如黃金。
但德黑蘭的皓月
無法溫暖我的歌。

我不知如何度過此生:
在莎嘉的愛撫中燃盡,

或暮年時心神顫慄地
為往日豪情懊恨？

萬物各有各的姿態，
有的悅耳有的娛目。
波斯人譜不出好歌，
他枉費在那裡出生。

若因這些歌談起我，
請對人們這樣說：
他原可唱得更美更柔，
卻毀於一對天鵝。

妳不愛我，不憐惜我　(1925)

妳不愛我，不憐惜我，
難道我不英俊？
妳不看我，熾情冷卻，
手放我肩頭。

少女啊，我心傷感，
對妳我不魯莽不溫存。
告訴我，妳愛過多少人？
記得多少臂彎多少唇？

我知道──他們如陰影遠去，
不碰觸妳的熱火，
妳坐過許多膝頭，
如今卻在我身旁。

瞇起妳的雙眼吧，
去思念另一個人。
因我也愛妳不深，
酖溺於迢迢遠路。

此情非關命運，
是輕率躁急的連結──
正如妳我偶然相逢，
我們微笑平靜分手。

請走自己的路，

度過無歡歲月，
勿招惹無邪少男，
莫撩撥純潔的心。

當妳與別人沿著小巷
訴說甜言蜜語，
也許我也走到那裡，
我們再度相遇。

妳偎依別人肩膀，
微微低頭避風，
對我說：「晚安……」
我回答：「晚安，小姐。」

什麼都引不起心痛，
什麼都喚不醒激情，──
愛過的人不會再愛，
成灰的人不能再燃。

西莫諾夫

Konstantin Mikhailovich Simonov
1915-1979

　　生於彼得堡，父親為沙皇軍團軍官。一九三四年，
西莫諾夫開始寫詩。一九三五至三八年在莫斯科的高爾
基文學院進修寫作，甚有成績，他的情詩與政治長詩受
到矚目，逐漸成名。

　　二次大戰期間任《紅星報》戰地記者，並創作抒情
詩及劇本，洋溢熾烈的愛情與愛國激情，流傳極廣，三
度獲得史達林文學獎。戰後他也勤寫小說與劇本，以戰
爭為主題，敘述詳盡，結構清晰，甚受好評。他前後六
次獲史達林文學獎，一次列寧文學獎，是蘇聯文壇上的
重要作家，曾任蘇聯作家協會副祕書長，與當權派關
係良好，兩度奉命取代特瓦朵夫斯基（A. T. Tvardovsky,
1910-1971），擔任《新世界》雜誌總編輯。

　　西莫諾夫的詩歌寫愛情、友情、鄉愁及祖國之戀，
表達小人物最天真純摯的哀愁與熱情，簡單自然，極為
膾炙人口。

等我 ① **(1941)**

等我，我將回來，
你要耐心等待。
等我，當淒雨
勾起傷懷。
等我，當雪花狂舞，
等我，當炎日當空，
等我，當人們不再等待，
早已忘記昨日。
等我，當迢遙遠方
書信不再捎來。
等我，當一同等待的人
都已厭煩等待。

等我，我將回來，
莫祝福
那些透徹知道
該是遺忘時刻的人。
縱使兒子與母親相信
我已不在，

縱使朋友們疲於等待，
在爐火旁圍坐，
共飲苦酒，
悼念我的靈魂….
等我。莫急急
與他們同醉。

等我，我將回來，
讓所有死者窘惑，
讓未曾等待我的人
說：「他走運啊！」
未曾等待的人不明白，
烽火中
你如何以等待
拯救了我。
我如何存活下來，
只有你我明白——
只因為你啊，
比任何人更會等待。

---

①這首戰爭詩歌獲讀者熱烈迴響，為本世
紀流傳最廣的俄文詩。

布羅茨基

Iosif Aleksandrovich Brodsky
1940-1996

　　布羅茨基是一位自學成家的俄國詩人，出生列寧格勒猶太家庭，父母皆知識分子，蘇聯時代，猶太人飽受歧視，生活艱辛。他十五歲輟學，做過各種雜工，同時寫詩，但僅少數作品獲准發表，部分流傳國外，逐漸引起注意。一九六四年二月，遭當局以「社會寄生蟲」罪名逮捕，發配凍原地區勞改，引起多位作家抗議，西方輿論聲援，一年半後獲釋。一九七二年六月布羅茨基被迫離境，移居美國，不久便能以英文寫詩，並自譯舊作。他寫詩，也寫散文、劇作，思維敏銳，視野寬闊。一九八七年獲諾貝爾文學獎，一九九六年八月因心臟病發猝逝。

　　布羅茨基延續普希金等古典詩人的傳統，講究格律和音樂性。宗教為其重要主題，詩中常有舊約聖經的信仰思維，面對蘇聯政權的壓力與美國新環境的衝擊，從凌越其上的高度表達哀傷與道德觀。他認為，殘缺、失

落、離散是常見的荒謬，努力以詩的飛揚對抗這些荒謬；
討論生死，不濫情，不自憐，不怨恨。

我原只是如此一物　(1981)

我原只是如此一物，
你以手掌碰觸，
幽暗無聲之夜，
額頭低俯向我。

我原只是如此一物，
你已辨視分明：
起初輪廓模糊，
久久出現特徵。

是熱情的你
輕聲細語，
為我捻造
左耳右耳。

是你拉開窗帷，
向我濕潤之口
注入言語聲音，
使我能呼喚你。

我原只是盲者，
你悄然出現，
賜我以視力。
於是留下蹤跡。

星球被創造，
這使命完成，
你餽贈送盡，
不再往返奔行。

於是地球自轉，
時冷時熱，
茫茫宇宙，
時暗時明。